Y

ŒUVRES
DE FEU
Mr. MAYEUX.

Lithogr. de Paullet.

...e O......! Scélérat de Choléra........

Chez les Marchands de Nouveautés;

..., Chez Vidart & Julien.

OEUVRES

DE FEU

M. MAYEUX.

NANCY, IMPRIMERIE DE DARD.

OEUVRES

DE FEU

M. MAYEUX,

De son vivant Chasseur de la garde nationale parisienne, Membre de sept académies,
Aspirant à l'ordre royal de la Légion-d'Hon-
neur, et l'un des Braves des trois journées.

ÉPISODE
DE L'HISTOIRE DE FRANCE.

PUBLIÉ
D'après le manuscrit original
PAR M' A. NEUVILLE,
Capitaine au service de la Belgique.

A PARIS,
Chez les Marchands de nouveautés.
ET A NANCY,
Chez VIDARD ET JULLIEN, libraires.

1832.

NOTICE
BIOGRAPHIQUE.

Jean-Chrisostôme-Barnabé Mayeux naquit à Paris, le mardi gras, 24 février 1780, rue de la Montagne ; c'est en vain que ses parens firent les plus grands sacrifices à l'effet de faire disparaître de son omoplate et de sa poitrine le vice de conformation qu'une nature trop prodigue lui dispensa si généreusement. Parvenu à l'âge viril, et après la mort de son père et de sa mère, il se choisit une épouse jeune et jolie, qui le rendit père en temps opportun ; élevé au sein des denrées coloniales, il continua sa profession d'épicier, exerça ses droits politiques d'électeur, se fit recevoir chasseur dans la garde nationale de Paris, et fit toutes les campagnes dans l'intérieur de la capitale depuis la restauration. Une récompense civique allait l'indemniser de tant de travaux et de sacrifices, lorsque l'épidémie régnante vint, en dépit de toutes les combinaisons, enlever à la France un de ses plus intrépides défenseurs.

Résumons-nous, et ajoutons que Mayeux, considéré sous toutes les faces, et principalement sous les rapports de la vie sociale, ne laissa rien à désirer, soit comme citoyen, guerrier ou littérateur : dans l'une comme dans l'autre de ces conditions, il sut bien mériter de la patrie ; aussi verrons-nous dans quelques années, sans en être surpris, les législateurs s'occuper de ses cendres et les placer dans l'intérieur de ce temple qui porte pour inscription :

AUX GRANDS HOMMES
LA PATRIE RECONNAISSANTE.

PANÉGYRIQUE

De l'Auteur.

C'était avec une juste raison que feu l'honorable monsieur Mayeux redoutait le terrible fléau qui vient d'enlever en très-peu de temps à la France un grand nombre de ses illustres citoyens : sans nous occuper spécialement des ducs, comtes, vicomtes, marquis, barons d'ancienne et nouvelle fabrique, des ministres-pairs, chevaliers, etc., etc., toutes notabilités qui peuplaient récemment et très-inutilement les rues de la capitale, nous nous bornerons à jeter quelques fleurs sur la tombe de celui qui, pendant les plus belles et dernières

années de sa vie, se plut à nous faire
passer quelques momens agréables,
tant par l'originalité de ses reparties
ingénieuses que par ses habitudes gri-
voises, et à l'aide de cette gaîté per-
pétuelle, inaltérable, inépuisable, qui
ne se ralentissait un moment que pour
veiller aux grands intérêts de son pays
et au maintien de la tranquillité de
sa ville natale.

Mais vous, chers lecteurs, ses con-
temporains, c'est à vous plus parti-
culièrement que je m'adresse ; vous
qui l'avez vu, qui avez été à même
de juger le patriote par excellence.
Quel est celui d'entre nous qui n'eût
admiré le grand homme (je parle au
figuré et ne prétends pas dénigrer
mon héros à cause de sa taille exiguë)?

qui n'eût admiré, dis-je, l'impétueux,
le bouillant, l'intrépide Mayeux, lorsque, revêtu de l'uniforme civique,
coiffé de son oursin, armé de pied
en cap et parcourant les rues de la
capitale, en juillet 1830, il stimulait
les faibles, encourageait les timides,
dirigeait les braves? Je crois le voir
encore à l'attaque des barricades de
la rue des Marmouzets, lorsque, re-
tranché dans une barrique, il faisait
feu par la bonde!.... Qui ne se rap-
pelle de sa conduite à la butte Mont-
martre? position qu'il affectionnait
singulièrement depuis 1814, et qui
devait lui procurer de nouveaux lau-
riers sous un règne appréciateur des
vertus civiles et militaires.

Protégé par un général qui se con.

naissait en braves, il allait enfin recevoir la récompense due à ses longs
et loyaux services, récompense que
vingt ministres lui avaient successive-
ment et constamment refusée, et qu'un
régime réparateur lui octroyait, lorsque l'impitoyable *choléra-morbus* vint
l'enlever à son intéressante famille
et à ses nombreux admirateurs.

Jaloux d'une gloire aussi justement
acquise, quelques envieux osèrent
contester ses titres, décliner ses
hauts faits; d'autres, non moins dé-
hontés, poussèrent la perfidie jusqu'à
douter de son existence ! ! !... Mayeux
indigné prit la plume; et, par l'effet
d'une imagination qui n'appartenait
qu'à un génie tel que le sien, pré-
tendit obliger la postérité à le recon-

naître. En effet, pensées vigoureuses, style neuf, poésie incomparable et d'un nouveau genre ; tel est l'ouvrage qui allait, s'il était possible, ajouter à sa célébrité et lui donner place au rang des immortels.

C'est à la suite d'un inventaire scrupuleux que fut trouvé L'Épisode de l'Histoire de France manuscrite et qu'il destinait à l'impression. L'avertissement qui précède cet ouvrage décèle chez notre illustre ami une qualité de plus et qui nous était inconnue.

Mayeux était époux, subordonné à sa femme comme à son capitaine ; il tâchait autant que possible d'éviter les querelles de ménage. Ennemie jurée de la littérature, la compagne du héros n'eût jamais toléré chez lui

le moindre écart d'imagination ; aussi
est-ce par cette raison que , dédaignant
la gloire et ses brillans résultats , il
se résignait à garder l'anonyme quand,
fort heureusement pour sa mémoire ,
son trépas nous permit d'ajouter un
fleuron de plus à sa réputation eu-
ropéenne.

L'amitié qui m'unissait à cet homme
célèbre me faisait une loi de donner
toute la publicité possible à cette œuvre
posthume ; croyant avoir rempli ce
devoir consciencieusement, il ne me
reste plus qu'à faire des vœux pour
que cette production jouisse de la
même considération que son auteur.

NEUVILLE.

M. MAYEUX
A SES LECTEURS.

On me dit malin, satirique
Et rusé comme un vrai chacal,
Parce que je suis vif, caustique,
Que j'ai l'esprit national.
Maint auteur machiavélique,
En griffonnant dans un journal,
Me crut supposé, fantastique,
Ou plutôt un être idéal.
A ce trait vraiment satanique,
Je faillis de me trouver mal ;
Grâce au corset orthopédique,
Ainsi qu'au rédacteur vénal,
Qui, d'un nom vraiment historique,
Faisait un nom de carnaval.

Sitôt ma bile volcanique
M'offre un remède radical,
Qui me servira de réplique
Près du public impartial.
Je dis, bougre ! quelqu'empirique
Peut m'imiter jusqu'au moral,
Mon arbre généalogique
Est peut-être greffé très-mal?
Faisons un poëme héroïque,
Qui n'ait j'amais eu son égal,
Quelque chose de dramatique,
Qui frise un peu le triomphal...
LAFAYETTE, dans l'Amérique,
Est un sujet très-libéral !....
Mais c'est par trop géographique....
Je préfère le Portugal !
N.... de D....! le roi catholique
Est pour son peuple trop brutal;
On y brûle un pauvre hérétique

Aussi bien qu'un cierge pascal !
Changeons vite de rhétorique
Sans plus de cérémonial ;
Le consulat, la république,
L'empire, le sceptre royal,
Par ce temps vraiment pacifique,
M'offrent un moyen capital
D'être constamment véridique :
Sous le joug matrimonial,
Fléau vraiment épidémique,
Pour éviter du bacchanal
Ma muse est loin d'être publique ;
Car je serais loin d'être au bal
Si jamais dans notre boutique
Quelques feuillets de ce journal
Parvenaient jusqu'à la pratique * :
Ce serait un tour infernal !
N.... de D....! j'en ai la colique !

---

* Le lecteur doit se rappeler que M. Mayeux est
épicier de son état.

Aussi brûlant l'original
De ce manuscrit politique,
J'évite au saint nœud conjugal
Un acte qui serait tragique,
Et qui, dans l'état marital,
Ressemble au mal asiatique *!

---

* Le choléra.

ÉPISODE

De l'Histoire de France.

Armé d'un pouvoir despotique
Que le peuple trouvait brutal,
Un jour le sceptre monarchique
Eut à subir un sort fatal ;
Arrive le droit anarchique
Qui fit regretter le royal ;
Puis enfin vint la république
Qui ne fit qu'agraver le mal :
Issu de moderne fabrique,
On vit alors un général *
Qui s'empara de la boutique
Comme bien patrimonial.

---

* Bonaparte, après son retour de l'expédition d'Égypte.

Il avait plus d'une rubrique ;
Aussi le cher collatéral ,
Mit-il aussitôt en pratique
Ce dicton devenu banal * ,
Et laissant là sa rhétorique ,
Prit le sceptre dictatorial.
Long-temps la tourbe famélique
Fit des vers pour notre Annibal ;
Tout , jusqu'au corps diplomatique ,
S'inclinait devant son cheval ;
Aussi , rien n'était plus comique
Que d'admirer certain vassal ,
A genoux devant la relique ,
Qu'il eût méconnu pour égal.
Peu satisfait de cette clique ,
Et voulant un pouvoir légal ,
Fondit la sainte république
En un pouvoir impérial !

---

* Ote-toi de là que je m'y mette.

Il ne manquait de canonique,
A cet acte sacremental,
Qu'une démarche apostolique
Du plus haut rang sacerdotal;
Aussi, quittant sa basilique,
Suivi de plus d'un cardinal,
Le patriarche catholique
Vint-il, d'un air très-libéral,
Dispenser le saint viatique
A notre petit caporal!
C'était un tour diabolique,
Ou tout du moins original,
De voir le pape et sa bourique
Logé près du Palais-Royal!
Dix ans ce Trajan magnifique,
Par un pouvoir trop colossal,
N'eut pas un moment pacifique;
Et ses voisins s'en trouvant mal
Consultèrent l'arithmétique;
Puis, avec un air martial,

Jurèrent d'un ton frénétique
Que leur nombre serait fatal.
En effet, on vit l'helvétique,
Qui ne fut jamais qu'un vassal,
Livrer passage au germanique,
Afin d'écraser son rival.
Puis nous vint l'Anglais hérétique,
Le Prussien, tant soit peu brutal,
L'Écossais, soldat romantique,
Le Russe, guerrier machinal,
Le Suédois mélancolique,
Guidé par un vieux maréchal *,
Qui crut faire un acte héroïque
En brûlant son pays natal !
Forcé de changer de tactique,
D'après cet accord infernal,
Le plus grand des héros abdique....
Partout c'est un deuil général,

---

* L'ex-maréchal d'empire Bernadotte, à cette
époque roi de Suède.

Et partout un deuil véridique.

Après ce triomphe inégal,
Et qu'on eût chanté maint cantique,
Nous vint un règne monacal,
Très-éminemment fanatique :
On se croyait en carnaval,
Voyant cette noblesse étique,
Sous les ordres d'un Cadoudal *,
Escorter un paralytique **,
Blotti sous un manteau royal,
Ricanant d'un air sardonique.
Après qu'un long procès-verbal
Eût constaté l'ordre héraldique,
Qu'un vieux blason monumental ***

---

* Cadoudal, général vendéen ; son père attenta à
la vie de Napoléon.
** Louis XVIII, impotent et goutteux.
*** L'écusson aux armes des rois de France.

Fût recrépi sur le portique,
Chabrol *, d'un ton sépulcral,
Lut un discours soporifique,
Si long, si diffus, si banal,
Qu'on le croyait académique.
De ce changement radical,
Cadeau vraiment jésuitique,
Surgit un pouvoir féodal
On ne peut plus impolitique ;
La chaire, le confessional,
Un esprit aristocratique,
Étaient près du pouvoir royal
Un titre non problématique....

Voilà qu'un beau jour le mistral **

---

* Chabrol, préfet de la Seine sous plusieurs
gouvernemens.

** Vent qui souffle avec violence sur les côtes
de la Provence.

Dans une fureur éolique,
Renverse le trône illégal,
Comme il eût fait d'un roi de pique ;
Puis, sans le plus léger bacchanal,
Par un retour presque magique,
On revit l'aigle impérial
Reprendre sa pose énergique !

Cent jours se passent, et le brutal *
Commence à ronfler en Belgique ;
Le branle—bas est général **,
La valeur devient électrique,
D'un grand combat c'est le signal ! ***
Malgré sa force numérique,
Et plus d'un Français déloyal ****,

---

* C'est ainsi que les militaires désignent le canon.
** Locution de marine qui indique que tout le monde doit être sur pied.
*** Bataille de Waterloo.
**** Notamment la défection de Bourmont.

2

Le fier léopard britannique
Faillit perdre son piedestal !

Brisant l'ordre chronologique,
N'ayant boussole, ni fanal,
Je ne puis être méthodique
Dans le narré de ce journal.
Ah ! si j'eus été romantique,
Comme Hugo le sentimental,
Ou passablement satirique,
A la façon de Juvénal,
J'en faisais un poëme épique,
Et j'avais le prix décennal !...

Par un système économique,
Qu'on ne peut m'imputer à mal,
Je prétends être laconique,
Comme je fus impartial.
Donc, pour terminer l'historique
De notre esprit national,

On reprit le roi catholique.
Napoléon fait général,
Sur un rocher de l'Atlantique,
Mourut des mains d'un cannibal.

Était signé à l'original,

J.-C.-B. MAYEUX.

Pour copie conforme, exacte et véritable,

Aᵘ NEUVILLE.

L'ÉDITEUR

AUX MANES

DE MAYEUX.

Si je savais tracer l'histoire,
Quel monument pour nos neveux
J'éleverais à la mémoire
Du brave et célèbre Mayeux !
Jamais plus belle renommée
Ici bas ne fut méritée,
Chez lui tout tenait du héros ;
Il fallait un fléau funeste,
Non la guerre, mais bien la peste,
Pour le condamner au repos.

Quand de fatales ordonnances
Couvrirent la France de deuil ;

Lorsque Paris dans ses vengeances
Se voilait d'un vaste linceuil,
On le vit, dans les trois journées,
Guidant nos cohortes armées,
Le bras tendu, l'œil irrité ;
Puis, en croisant sa baïonnette,
Dire, en passant, à Lafayette :
Je suis là pour la liberté !

C'est au centre des barricades
Que faisant face aux ennemis,
Et se moquant de leurs bravades,
Il foule aux pieds drapeaux et lis.
Chacun se sauve ou bien succombe ;
Mais, à l'épreuve de la bombe,
Rien n'ébranle le conquérant,
Aucun des dangers ne l'arrête ;
C'est la foudre, c'est la tempête,
Plus de Mayeux, c'est un géant ! ! !

Intrépide autant que modeste,
Il ne parla jamais de lui,

Pendant ce règne gigantesque ,
Dont il fut constamment l'appui.
Repose en paix âme guerrière ,
Que la terre te soit légère ,
Tu mérites de ton pays ;
Mais l'auréole de ta gloire
Réfléchira sur ta mémoire.
Ah ! Mayeux ! que n'as-tu des fils !

FIN.

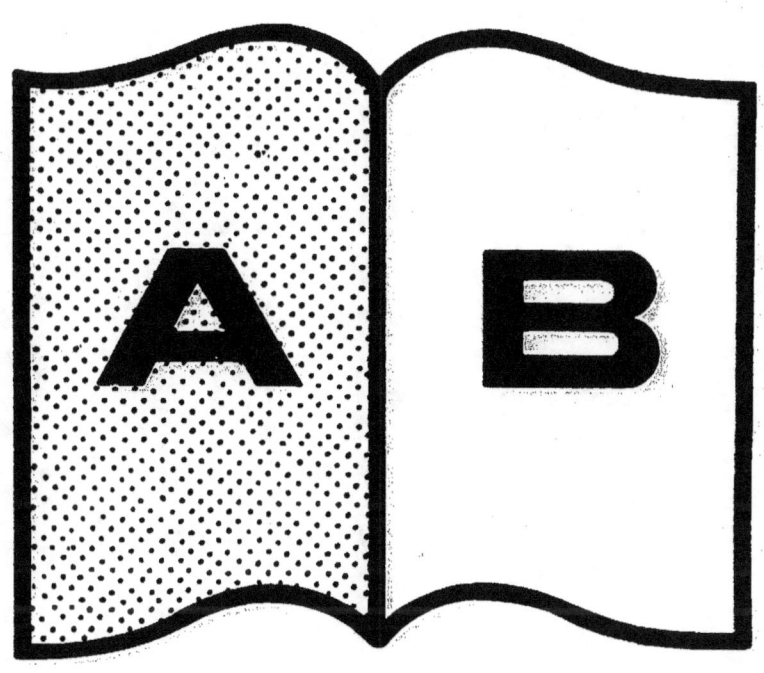

Contraste insuffisant

NF Z 43-120-14